AF206562

Das Geheimnis
der Brücke

Der verschwundene Bauassessor

Manfred Breddermann

Das Geheimnis
der Brücke

IMPRESSUM

2017 - Manfred Breddermann

1. Auflage

ISBN: 9 783746012322

Herstellung und Verlag:

BoD - Books on Demand, Norderstedt

TEIL I

Die Brückensanierung

Donnerstag, 21. April

Das Straßenbauamt hatte Lohmann und seinen Chef zu einem Ortstermin bestellt. Seit dem frühen Morgen hatte es ununterbrochen geregnet, aber das war ja auch die Bedingung für den Besichtigungstermin. Man wollte ihnen vorführen, wie „wasserdicht" ihre neu betonierte Brücke ist. Unterwegs hatte Lohmanns Scheibenwischer harte Arbeit zu leisten. Die Sicht war entsprechend schlecht und er konnte nur langsam fahren. Als er ankam, waren schon alle versammelt, die Herren vom Landestraßenbauamt, ebenso auch schon sein Chef und sein Bauleiter Schneider.

„Bringen Sie Ihren Regenschirm mit, hier regnet es mehr als draußen", rief ihm zynisch ein Teilnehmer zu, als er aus seinem Wagen stieg. Tatsächlich war dies aber auch unbedingt erforderlich. Unter der Brücke gab es zwar keine Regentropfen, dafür aber fließendes, plätscherndes Wasser. Und das nicht nur an zwei bis drei Stellen, die gesamte Brückenplatte mit über 600 qm, schien nur ein durchlässiges Sieb zu sein. Es war so eine Situation, bei der man am liebsten aus seinem Beruf aussteigen möchte. Dieser katastrophale Zustand war für Lohmann nicht nur demütigend, er fühlte sich auch mitschuldig. Und diesen Vorwurf gegen ihn, glaubte er auch aus dem Verhalten der Anwesenden zu entnehmen, insbesondere bei seinem Chef.

Gut, er war der technische Leiter der Firma und somit lag bei ihm die Verantwortung. Aber Schuld setzt Fehlverhalten voraus, und da gab es nichts, was er sich vorwerfen konnte. Die Ursache für dieses Desaster war kein Geheimnis. Klar und eindeutig lag sie beim Abbindeverzögerer des angelieferten Betons und dafür war das Betonwerk zuständig. In dem Betonliefervertrag war von ihm, neben der Betonqualität die erforderliche Verzögerungszeit vorgegeben und die war auf wenige Stunden begrenzt. Dies war üblicherweise erforderlich, wenn bei sehr großen Betonmengen, die Einbauzeit über mehrere Stunden verläuft. Tatsächlich dauerte die Verzögerung aber über mehrere Tage. Der Beton schrumpfte bevor er fest wurde und bekam die Risse. Der Fehler des Betonwerkes lag entweder in der zu hohen Dosierung, oder an der unbekannten Qualität des verwendeten Verzögerers.

Für das Straßenbauamt war aber nur die ausführende Firma verantwortlich und die wurde jetzt hart attackiert.
„Da müssen Sie wohl wieder alles abreißen lassen, ich glaube kaum, dass diese Schäden

saniert werden können" wurde Lohmann vom Leiter des Landesstraßenbauamtes fast mitleidig begrüßt. Das tat Lohmann besonders weh. Hatte er sich doch gerade bei der Aufsichtbehörde einen guten Ruf erarbeitet. Man war ihm dankbar, dass er bei einer maroden Brückenbaustelle eingesprungen war und die komplizierte Brückenkonstruktion auch erfolgreich fertig stellte. Und nun dieses.

Lohmann blieb weitgehend stumm, zu entschuldigen gab es hier nichts. Er war nur froh, dass Herr Gräfe nicht in dieser Runde war, der hätte ihn sicherlich vor versammelter Mannschaft zur Schnecke gemacht. Bauassessor Gräfe war der Leiter des örtlichen Straßenbauamtes, mit dem Ruf eines zynischen Besserwissers, er kannte nur Kritik.

„Wo bleibt denn Euer Chef, der lässt sich das doch nicht entgehen" fragt Lohmann vorsichtig Herrn Kramer, den Stellvertreter von Herrn Gräfe.
„Der ist aus seinem Urlaub noch nicht zurück, den müssen Sie heute nicht befürchten" beruhigt ihn Kramer.

Viel Weiteres zu besprechen, gab es heute nicht. Lohmann musste erst einmal den Schock überstehen, bevor er sich überlegen konnte, ob es doch noch Möglichkeiten gibt, die Brücke zu sanieren.

Freitag, 22. April

Am Tag nach der Besichtigung war seine Meinung jedoch nicht gefragt. Sein Chef hatte für ihn immer noch den vorwurfsvollen Blick und bestimmte:
"Ab sofort kümmert sich Professor Kaminski um alles Weitere. Halten Sie sich bitte zurück. Auch mit dem Straßenbauamt übernimmt Herr Kaminski die Gespräche. Den Schneider habe ich erst einmal beurlaubt, ich überlege noch, ob ich ihn rausschmeiße".

Professor Kaminski war der Leiter der Baustoffprüfung an der Technischen Hochschule. Zudem galt er als der renommierteste Betonexperte in Deutschland. Und diese bedeutende Persönlichkeit war ein Freund seines Chefs. Werner Lohmann mochte Herrn Kaminski nicht besonders. Bei seiner übertriebenen Höflichkeit kamen ihm immer Zweifel, wie ernst er etwas meint. Aber immerhin hatte er jetzt mit ihm ein „Aushängeschild" für die noch möglichen Rettungsmaßnahmen.

Mittwoch, 04. Mai

Professor Kaminski bekam dann auch die Genehmigung vom Straßenbauamt, eine Sanierung zu versuchen. Voraussetzung war allerdings, dass der Beton die vorgesehene Festigkeit hat.

Die Betonfestigkeit wurde überprüft und war in Ordnung. Herr Kaminski konnte mit der Sanierung beginnen. Dazu legte er ein Raster an, mit den einzelnen Abständen von einem Meter. An den Schnittpunkten des Rasters ließ er in den Beton Löcher bohren, zusätzlich auch noch in die erkennbaren Risse. In diese Löcher wurde dann Epoxydharz injiziert. Das Ganze etwa über 20 Quadratmeter. Im Sinne seines Chefs war Lohmann nicht dabei und wartete gespannt auf die Ergebnisse.

Heute liegen die Ergebnisse vor, und die sind verzweifelt schlecht. Unter den verteilt angesetzten acht Bohrkernen gibt es nur zwei Volltreffer, das heißt, der vorhandene Riss ist mit Epoxydharz gefüllt. In drei anderen bleiben die Risse leer und in den drei übrigen ist weder ein Riss noch Epoxydharz zu sehen.

Was nun Herr Professor?

Montag, 16. Mai

Aber der hatte noch nicht aufgegeben und einen zweiten Versuch gestartet. Diesmal verkürzte er das Rastermaß auf 50 cm, bohrte und injizierte nach gleichem Muster. Bei diesem zweiten Versuch durfte Lohmann dabei sein und das war auch gut so. Nachdem er mitbekommen hatte mit welcher Methode Herr Kaminski versuchte zu sanieren, hatte er wenig Hoffnung für den zweiten Versuch. Über ein geometrisches Raster konnte das nicht gelingen, es mussten ja alle Risse erreicht und gefüllt werden und die verliefen nicht im Raster. Das hätte vermutlich ein Student im ersten Semester schon erkannt. Warum macht ein renommierter Professor solche absurden Versuche?

Wie von Lohmann erwartet, geht auch der zweite Versuch daneben. Es gibt zwar einen positiven Betonkern mehr, aber ebenso viele Proben, bei denen der Riss nicht gefüllt ist. Jetzt gibt Herr Professor Kaminski auf und erklärt die Brücke für nicht mehr sanierbar. Dem Straßenbauamt empfiehl er die Brücke abzureißen. Lohmanns Chef bedankt sich noch einmal bei Herrn Kaminski für sein großes Bemühen.

„Wenn schon Herr Kaminski das nicht mehr sanieren kann, müssen wir wohl Ihren Mist abreißen lassen" schob er wieder Lohmann die Schuld zu. Aber im Gegensatz zu Kaminski, gab Lohmann noch nicht auf.

Mittwoch, 18. Mai

Am Vormittag besucht Werner Lohmann Herrn Kramer im Straßenbauamt. Etwas niedergeschlagen, hofft er, gemeinsam mit ihm doch noch einen Ansatz für eine Sanierung zu finden. Kramer ist ein erfahrener Baufachmann und immer positiv eingestellt.

Aber Kramer will sich nicht mit technischen Problemen befassen, er hat andere Sorgen.

„Herr Gräfe ist verschollen. Vor vier Wochen war sein Urlaub zu Ende, niemand weiß wo er jetzt steckt. Wir haben schon die Polizei eingeschaltet, aber die konnte uns bisher auch nicht weiter helfen"

„Und seine Familie, was sagt die"?

„Das ist es ja eben, er hat praktisch keine Familie. Er ist unverheiratet und hat keine Geschwister, seine Eltern leben in München und hatten in letzter Zeit keinen Kontakt zu ihrem Sohn. Das war schon schwierig, die Eltern ausfindig zu machen".

„Gibt es keine Freundin, oder war er „homo"?

„Nein nein, das glaube ich nicht. Er hatte schon Frauenbekanntschaften, hin und wieder bekam er hier auch Anrufe".

„Kann man darüber nicht nachforschen"?

„Haben wir auch schon hinter uns. Seine Privatgespräche führte er per Handy und die Anrufe auf dem Dienstapparat kamen aus einer Telefonzelle".

„Jetzt versuche ich mal ganz schlau zu sein" überlegte Lohmann, „warum ruft jemand aus einer Telefonzelle an? Sehr wahrscheinlich nur, wenn er das von zu Hause nicht darf und auch sein Handy ihn verraten könnte. Ich tippe darauf, dass er verheiratete Freundinnen hatte und danach kann man lange suchen".

„Solange keine Vermisstenanzeige von Angehörigen vorliegt, reagiert die Polizei sehr zögerlich. Aber wir haben jetzt erreicht, dass in den nächsten Tagen, die Wohnung geöffnet wird, dazu braucht man wohl die Genehmigung des Gerichts".

„Konnte man das nicht schon früher machen"? fragt Lohmann weiter.

„Na ja, wie er uns andeutete, wollte er eine größere Urlaubsreise machen und war dafür auch bei seiner Bank gewesen. Wir gingen bisher davon aus, dass er nicht aus dem Urlaub zurückgekommen ist und nicht womöglich tot in seiner Wohnung liegt".

Lohmann fiel dazu auch nichts weiter ein und bat Herrn Kramer, ihn über das Ergebnis der Wohnungsuntersuchung zu informieren.

Donnerstag, 19. Mai

Werner Lohmann musste sich damit abfinden, dass er für sein Brückenproblem von keiner Seite irgendeine Hilfe bekommt. Mit seinem Bauleiter, Herrn Schneider hätte er sich sicherlich noch beraten können, aber den hatte sein Chef in den Zwangsurlaub geschickt.

Für Lohmann war ein Bauwerk nicht eine zufällige Materialansammlung. Es war für ihn ein fast lebendiges Gebilde mit eigenem Wert und Anspruch. So war es seine Angewohnheit vor jeder Kalkulation eines größeren Bauwerks, sich den vorgesehenen Standort anzusehen. Natürlich In erster Linie, um die Randbedingungen einzuordnen. Aber es war auch so, dass er glaubte, sich hier besser in das Bauwerk einfühlen zu können.

So zieht es ihn heute auch zu seiner kaputten Brücke. Wie bei der Besichtigung regnet es und die Brücke liegt in einem Dunstschleier. Das passt zu seiner Stimmung, voller Trauer will er sich jetzt von seiner Brücke verabschieden. Während er so unter seinem Regenschirm dahin trauert, entdeckt er plötzlich etwas, was er bis dahin nicht beachtet hatte: Am westlichen Widerlager beginnen Schwalben ein Nest zu bauen, direkt unter der Brückenplatte. Das trifft ihn wie eine Erleuchtung. War es nicht so, dass kein Vogel ein Nest an einem Haus baut, das bald abgerissen wird? Schwalben können sich nicht irren, also wird die Brücke nicht abgerissen.

Dies war zwar mehr Wunsch als Tatsache und normalerweise hielt Lohmann nicht viel von solchen Weißheiten. Aber es beflügelt ihn, noch einmal intensiv darüber nachzudenken, ob nicht doch eine Sanierung möglich ist. Er spürt keine Trauer mehr, vielmehr fühlt er sich plötzlich sogar glücklich, es hämmert in ihm: "Ich werde einen Weg finden".

Er fährt von der Brücke direkt nach Haus und grübelt an seinem Schreibtisch. Er lässt sich noch einmal die Entstehung und die Art der Risse durch den Kopf gehen. Wo sind eventuelle Gemeinsamkeiten der Risse, gibt es bei aller Vielfalt doch so etwas wie ein System? Dann erinnert er sich an den zweiten Sanierungsversuch von Herrn Kaminski. Da war ihm etwas aufgefallen, das er bisher noch nicht zu ordnen konnte. Er versucht sich das Bild der Versuchsfläche vorzustellen, zum Zeitpunkt der Injektionen. Jetzt hat er es wieder vor Augen: seltsamerweise floss aus einem Bohrloch Epoxydharz heraus, wenn an einer entfernten Stelle in ein Bohrloch injiziert wurde. Und das passierte in gleicher Weise noch einmal.

Welche Verbindung bestand zwischen den beiden Bohrlöchern und warum nur bei diesen? Da zwischen den beiden Bohrlöchern keine Rissverbindung bestand, konnte das verbindende Element nur die Bewehrung sein. Durch die Bewehrung floss das Harz sicherlich nicht, also musste ein Hohlraum längs der Bewehrung verlaufen. Da dieser Vorgang an zwei verschiedenen Stellen erkennbar war, konnten es nicht zufällige Risse sein. Aber wieso gab es Hohlräume an der Bewehrung? Und warum nicht nur an einer Stelle?. Bei ihm kribbelt es, was würde es bedeuten, wenn diese Hohlräume nicht nur an zwei Stellen, sondern an der gesamten Oberbewehrung vorhanden wären? Eine solche Systematik könnte der Schlüssel für eine Sanierung sein.

Er muss sich zunächst Klarheit verschaffen, wie diese Hohlräume entstanden sein können und wie sie aussehen. Was passierte an der oberen Bewehrung, als der Beton sich absetzte? Auch im Bereich der Bewehrung setzte sich der Beton ab, wobei die Lage der Bewehrung sich aber nicht veränderte. Hier lag der entscheidende Punkt: Der Beton unterhalb der Bewehrung sackte ab und hinterließ einen Hohlraum. Seitlich der Bewehrung konnte der

Beton nachsacken und den Hohlraum schließen, bis auf den Bereich unmittelbar unter dem
Eisen. Genau hier verblieb ein kleiner, halb-
mondförmiger Hohlraum. Und dieser Hohlraum war kein Wunschtraum, kein theoreti-
sches Gebilde, er hatte ihn ja auch schon gesehen. Bei einigen Bohrkernen, die durch die
Bewehrung gebohrt wurden, waren diese
Halbmonde deutlich zu sehen. Aber niemand
hatte diese Besonderheit beachtet, er konnte
zunächst auch nichts damit anfangen.

Aber jetzt wird ihm klar, das ist die Lösung.
Der Setzungsverlauf war auf der gesamten
Brückenplatte gleich, unter der gesamten
Oberbewehrung mussten die gleichen Hohlräume sein. Das bot eine ideale Möglichkeit,
das Epoxydharz zu verteilen. Noch bleiben
aber einige wichtige Fragen offen. Was ist mit
der Querbewehrung, unterbricht sie die Hohlräume? Er setzt einfach voraus, dass auch die
obere Querbewehrung ähnliche Hohlräume
hat. Kann man über die Bewehrung auch alle
Risse erreichen? Vor allem aber, wie kommt
man an die unten liegenden Hohlräume heran?
Von unten zu injizieren ist nicht möglich.

Er muss sich einen besonderen Weg einfallen
lassen. Er findet zwar bald eine Möglichkeit,
aber ob das auch sicher funktioniert, ist theore-

tisch schwer zu beurteilen, das würde erst die Praxis zeigen. Und reden kann er darüber mit niemandem, Er muss mit Widersprüchen rechnen, es muss zunächst sein Geheimnis bleiben. Bei allen noch offenen Fragen, ist er aber jetzt fest davon überzeugt, die Brücke erfolgreich sanieren zu können

Dienstag, 07. Juni

Lohmanns nächstes Problem ist, auch andere davon zu überzeugen und das wird wirklich zum Problem. Er erhält keine Genehmigung für einen dritten Sanierungsversuch. „Schlagen Sie sich das aus dem Kopf, Sie wollen doch nicht behaupten, dass Sie besser sind als Professor Kaminski, finden Sie sich endlich damit ab, dass Sie nun mal „Murks" gebaut haben." Sein Chef lehnt weitere Versuche strikt ab. Vorsichtig fragt er bei Herrn Kaminski nach, ob er bereit wäre, sich seine Vorstellung anzuhören. Das war ein Fehler, er „blitzte" ihn nicht nur ab, er beschwerte sich auch bei seinem Chef, wie unverschämt er wäre.

Da bleibt ihm nur ein anderer Weg. Lohmann bittet den Polier, der die ersten Versuche mit abgewickelt hatte, nach Feierabend mit ihm einen weiteren Versuch zu machen. Die erforderlichen Gerätschaften und das Epoxydharz waren noch in seiner Obhut.

Nun ist es endlich soweit, gegen 19 Uhr kann Lohmann mit seinem Sanierungsversuch beginnen. Er hatte vorher mit einem Magneten den Verlauf der oberen Bewehrung festgestellt und markiert, ebenso die entsprechenden Punkte festgelegt, wo gebohrt und injiziert werden sollte. Jetzt muss sich beweisen, ob sein gedanklicher Ansatz auch in der Praxis funktioniert. Und das war keineswegs so selbstverständlich.

Lohmann ist fest davon überzeugt, dass die kleinen Hohlräume unterhalb der Oberbewehrung, durchgängig auf der gesamten Brückenfläche vorhanden sind. Aber für das Problem, an diese Hohlräume heran zu kommen, ist seine Lösung fast schon zu genial, um sicher zu sein.

Lohmann setzt den Bohrer direkt über der Bewehrung an und bohrt bis zum Kontakt mit dem Eisen. Und jetzt kommt es: Nach dem Kontakt mit dem Eisen wird für einige Sekunden weiter gebohrt. Das Eisen wird dadurch gerüttelt und löst sich an diesem Punkt vom Beton. Um das Eisen herum entsteht so ein winziger Hohlraum, der aber groß genug ist, das Epoxydharz unter Druck durchfließen zu lassen.
Nach etwa zwei Stunden ist diese Nacht- und Nebelaktion abgewickelt. Ob der Versuch erfolgreich war, bleibt zunächst offen, dass wird sich erst zeigen, wenn die Bohrkerne gezogen sind.

Mittwoch, 15. Juni

Im Gegensatz zu seinem Chef, hat Lohmann das Vertrauen seiner Leute, der Einsatz bleibt zunächst unbemerkt. Nun müssen aber zur Prüfung die Betonkerne gezogen werden und das muss durch das Materialprüfungsamt geschehen. Er will nicht riskieren, dass dies von Herrn Kaminski verhindert wird, ohne Unterstützung hat er keine Chance. So fährt Lohmann zum Landesstraßenbauamt und bittet um Hilfe. Nach einigem Zögern findet er hier Verständnis für sein Anliegen. Hier stand der Abriss der Brücke zwar auch schon fest, aber man gibt ihm die Chance, seinen Sanierungsvorschlag vorzutragen. Man kennt Lohmann als einen zuverlässigen Partner und ist offen für seine Argumente. Wenn er schon den Mut hat, auf eigene Faust einen weiteren Versuch durchzuführen, will man ihn nicht enttäuschen. Weitere Überlegungen werden von dem Ergebnis seines Versuches abhängig gemacht und dafür bekommt Lohmann auch die gewünschte Unterstützung.

Auf höhere Anordnung beginnt dann heute das Materialprüfungsamt die Bohrkerne zu entnehmen. Für Lohmann ist diese Aktion eine Zerreißprobe, es geht um alles oder nichts. Bei jeder einzelnen Probeentnahme hält er die Luft an. Waren seine Annahmen nun richtig, oder war er nur seinem Wunschtraum gefolgt? Schließlich liegen alle acht Betonproben vor ihm. Vor lauter Freude bekommt er feuchte Augen, ja, es hat geklappt. Alle Risse in den Betonkernen sind mit Epoxydharz gefüllt, nicht ein einziger Ausfall. Das war die Voraussetzung für die Genehmigung der Brückensanierung.

Freitag, 17. Juni

Was nun Herr Professor, was nun Herr Chef? Professor Kaminski, hielt sich bedeckt, gepasst hat ihm das aber bestimmt nicht. Sein Chef ringt sich eine Gratulation ab: „Das sieht ja nicht so schlecht aus, machen Sie meinetwegen weiter, aber halten Sie mich daraus". Da klangen große Zweifel mit, offensichtlich hat er an eine Sanierung nicht mehr geglaubt. Vertrauen hört sich anders an. Immerhin hat Lohmann jetzt wenigstens freie Hand, und kann sich uneingeschränkt um die Sanierung kümmern.

Den ersten Schritt hatte er nun hinter sich, aber über den erfolgreichen Sanierungsversuch kann er sich nicht lange freuen. Jetzt beginnt erst die eigentliche Arbeit, und die ist sehr umfangreich und kompliziert. Epoxydharz zu injizieren war für ihn nicht neu, aber es waren bisher immer nur geringe Mengen. Jetzt geht es um eine 600 qm große Brückenfläche, bei der die gesamte obere Bewehrung in kurzen Abständen angebohrt und injiziert werden musste. Nach seiner Überschlagsrechnung sind hier allein mindestens 10.000 Injektionen erforderlich. Hinzu kommen noch einige tausend Injektionen auf der Unterseite der Brücke, um die durchgehenden Risse zu schließen. Er schätzt, das in zwei bis drei Monaten zu bewältigen.

Lohmann ordnet seine Unterlagen im Büro, erledigt noch Einiges und ist dann für die nächste Zeit nur noch auf der Baustelle zu erreichen. Sein Chef wünscht ihm viel Erfolg und verabschiedet sich für die nächsten Wochen.

Montag, 27. Juni

Heute beginnt Lohmann mit den ersten Injektionen. Sie hatten eine ganze Woche für die Vorarbeiten gebraucht. Um auch bei Regen durcharbeiten zu können, musste ein verschiebbares Dach aufgebaut werden, freitragend über die Breite der Brücke und 10 Meter lang. Etwas schwierig war, eine spezielle „Mischmaschine" für das Epoxydharz auf zu treiben. Epoxydharz besteht aus zwei Komponenten. Und wenn die einmal zusammengemischt sind, muss das Verarbeiten möglichst bald erfolgen. Diese spezielle Maschine mischt nur das, was direkt abgenommen und verarbeitet wird.

Lohmann wundert sich, dass ihn bisher noch niemand gefragt hat, wie sein Sanieren konkret abläuft. Seine Versuchsergebnisse waren perfekt, aber warum das so war und was er anders gemacht hat als Professor Kaminski, dafür hat sich keiner interessiert. Offensichtlich waren alle Beteiligten froh über die Möglichkeit, die Brücke doch noch zu erhalten. Aber so ganz sorgenfrei ist Lohmann nicht. Immerhin wird er die Brücke an mindestens zehntausend Stellen „zerstören", wenn auch nur punktuell.
Und wenn Bauassessor Gräfe hier mal genauer hinsieht, könnte es das Ende der Sanierung

sein. Insofern ist er heilfroh, als Kramer ihm berichtet, dass Herr Gräfe immer noch verschwunden ist und vermutlich noch länger weg ist. Die Polizei hätte seine Wohnung geöffnet und sie hätten Prospekte gefunden, bei denen verschiedene Urlaubsziele in Übersee angekreuzt waren. Auch das Fehlen des Rasierapparates und der Zahnbürste wiesen auf einen Urlaub hin, ein Koffer wäre ebenfalls nicht gefunden worden.

Freitag, 26. August

Neun Wochen lang haben Lohmann und seine Mannschaft gebohrt und injiziert. Die Arbeiten sind jetzt soweit fertig gestellt, dass in der kommenden Woche der Erfolg oder der Misserfolg durch Betonproben geprüft werden kann. Es wurden rund 14.000 Bohrungen und Injektionen erforderlich und dabei circa eine Tonne Epoxydharz in der Brücke verteilt.

Lohmann und sein Polier waren in dieser Zeit ununterbrochen auf der Baustelle, die Mannschaft arbeitete in zwei Schichten. Der Leiter des Landesstraßenbauamtes kam jede Woche einmal vorbei, fand lobende Worte für die Organisation und erkundigte sich über den Fortschritt der Arbeiten. Herr Kramer vom örtlichen Straßenbauamt kam jeden Tag vorbei und befreundete sich mit Herrn Lohmann. Das besondere Anrütteln der Bewehrung fiel niemanden auf und keiner stellte Fragen.

Lohmanns Chef nahm seine Ankündigung wörtlich, er war nicht ein einziges Mal auf der Baustelle. Auch der befürchtete Besuch von Herrn Gräfe fand nicht statt, er galt weiterhin als verschollen. So verliefen die Arbeiten über die ganze Zeit reibungslos und ohne Störung.

Mittwoch, 31. August

Seit heute früh, sind die Mitarbeiter der Baustoffprüfung dabei, die Betonproben zu entnehmen. Jetzt fällt die Entscheidung über Bestand oder Abriss der Brücke. Heute kann Lohmann als Retter gefeiert werden, oder er muss sich ins Mauseloch verkriechen. Auf das Äußerste gespannt verfolgt er die Bohrproben. Zehn Stück liegen schon aufgereiht vor ihm, alle sind bisher 100 % in Ordnung. Aber es sind 54 Stück gefordert und da kann noch einiges passieren. Es dauert einige Stunden, bis alle 54 Proben vorliegen. Und bei der letzten Probe kann sich Lohmann entspannen: Alle 54 Betonproben sind in Ordnung, alle Risse sind mit Epoxydharz gefüllt. Lediglich bei zwei Proben gibt es kleine farbliche Abweichungen des Epoxydharzes, dies wird aber nicht bemängelt.

Damit hat Lohmann die Brücke gerettet. Er war zwar immer davon überzeugt, dass seine geniale Sanierungsmethode funktioniert, aber mit diesem traumhaft guten Ergebnis, hat er nicht gerechnet. Bei 14.000 Injektionen waren offensichtlich keine Fehler passiert, und dafür muss er seiner Mannschaft besonders dankbar sein.

TEIL II

Ein Fingernagel im Beton

Freitag. 02. September

Die Sanierung war aber mit den erfolgreichen Injektionen noch nicht beendet. Das Straßenbauamt hatte angeordnet, vorsichtshalber noch eine spezielle Belastungsprobe der Brücke durchführen zu lassen. Darüber macht sich Lohmann aber keine Sorgen mehr, durch die Schrumpfrisse hatte die Brücke nichts an ihrer Tragfähigkeit verloren.

Diese Prüfung soll in den nächsten Tagen stattfinden, bis dahin muss die Oberfläche der Brücke gesäubert sein. Die 54 Bohrlöcher waren schnell mit Beton wieder geschlossen, die größte Arbeit macht es, das bei den Injektionen ausgetretene Epoxydharz von der Oberfläche ab zu „kratzen".

Als Lohmann morgens zur Baustelle kommt, wartet sein Polier schon auf ihn und zeigt ihm eine Betonprobe.
„Chef, schauen Sie sich diese Probe mal genauer an, es ist die mit der der farblichen Abweichung. Als ich die beim Wegräumen in der Hand hatte, fühlten sich die beiden Farbstellen weich an. Den kleineren Fleck habe ich aufgepult, sieht das nicht wie ein Fingernagel aus"?
Lohmann erschaudert:

„Sie haben Recht, das scheint wirklich ein Fingernagel zu sein. Hat da jemand seine Finger einbetoniert, oder kann da im Beton noch mehr sein"? Lohmann wird es unheimlich, kurz entschlossen ruft er bei der Kriminalpolizei an. Er solle sofort herkommen und alles mitbringen, wird ihm dort gesagt.

Nach einer knappen Stunde ist Lohmann mit dem brisanten Fund im Polizeipräsidium und wird dort an Mark Bergner verwiesen.
„Danke, dass Sie sofort hergekommen sind. Ich bin bereits über Ihren Fund informiert worden. Wir werden gleich wissen, ob sich Ihr Verdacht bestätigt".
Bergner fordert einen Pathologen an und bittet ihn, um eine sofortige Gewebeuntersuchung.
Dann will Bergner auch noch mehr erfahren. Lohmann schildert Ihm die Zusammenhänge und muss ihm dabei mitteilen, dass leider die Bohrlöcher schon wieder verschlossen sind und die Markierungen wahrscheinlich auch nicht mehr erkennbar sind.

Lohmann musste noch längere Zeit im Wartezimmer Platz nehmen, bis Bergner die Meldung aus dem Labor überbringt:
„So, Herr Lohmann, Ihre Vermutung war genau richtig, es ist ein Fingernagel. Und es handelt sich um zwei menschliche, abgetrennte

Fingerspitzen. Ich gehe jetzt davon aus, dass zu den Fingerspitzen auch eine Leiche gehört, die sie einbetoniert haben. Wir werden sofort der Sache nachgehen und die Brücke überprüfen. Stellen Sie bitte umgehend alle Arbeiten auf der Brücke ein, gehen Sie von einer längeren Zeit aus".

Nachdenklich fährt Lohmann zurück zur Baustelle. Er hat keine Ahnung, wer diese Leiche sein könnte und erst recht nicht, wie sie in den Beton gekommen ist. Er informiert seinen Polier und verteilt die Leute auf andere Baustellen. Die Belastungsprüfung muss jetzt auf unbestimmte Zeit verschoben werden. Dementsprechend muss er auch das Straßenbauamt sofort informieren. Als Kramer davon erfährt, fragt er spontan Lohmann:
„Habt Ihr etwa meinen Chef einbetoniert"?
Aber nach allem, was bekannt war, befand sich Bauassessor Gräfe ja in der Karibik.

Dienstag, 06. September

Mark Bergner und sein Mitarbeiter Wiese sortieren die bisherigen Erkenntnisse. Viel ist das noch nicht. Sie haben bisher nur zwei abgetrennte Fingerspitzen, alles Weitere können sie nur vermuten. Nach den Untersuchungen im Labor wissen sie, dass es menschliche Körperteile sind, dass sie durch die Betonbohrung abgetrennt wurden und es gibt den dazu gehörenden DNA Wert.

Wenn die Fingerspitzen abgetrennt wurden, muss es dazu einen größeren Körperteil geben, mit hoher Wahrscheinlichkeit eine komplette Leiche. Und die einbetoniert in der Brücke. Das Einbetonieren kann nur am Betoniertag der Brücke erfolgt sein, und der war laut Firmenangabe der 06. April. Nach dem Zustand der Fingerspitzen kann laut Laborbericht, auch der Zeitpunkt des Todes an diesem Tag angenommen werden, zumindest nicht wesentlich früher.

Bergner überlegt, wie er nun weiter vorgehen kann. Täter und Opfer sind unbekannt. Um das vermeintliche Opfer zu identifizieren, muss er es aus der Brücke herausholen. Aber wie das gehen könnte, ist ihm völlig unklar. Dabei ist es ja erst eine Vermutung, dass es da eine Leiche gibt. Er beauftragt seinen Mitarbeiter Karl

Wiese, die Möglichkeiten auf der Brücke zu untersuchen.

„Versuchen Sie herauszufinden, an welcher Stelle die Betonprobe mit den Fingerspitzen entnommen wurde. Die Betonprobe trägt doch eine Nummer, vielleicht gibt es auf der Brücke entsprechende Markierungen".

Er selbst will sich mit dem Personal der Baufirma befassen. Wenn tatsächlich eine Leiche einbetoniert worden ist, muss das von Fachleuten geschehen sein. Und höchst wahrscheinlich von den Fachleuten der Baufirma.

Mittwoch, 07. September

Karl Wiese hatte sich gestern noch mit dem Materialprüfungsamt in Verbindung gesetzt und um einen Ortstermin gebeten. Die Mitarbeiter, die die Betonproben entnommen hatten, sollten zur Brücke kommen.

Wie verabredet stehen sie gegen 10 Uhr auf der Brückenplatte und sind enttäuscht. Die erhofften Markierungen gibt es nicht mehr. Die gesamte Oberfläche war maschinell gesäubert worden. Und mit den Resten von Epoxydharz waren auch alle Markierungen verschwunden. Die 600 qm große Betonfläche sah jetzt überall gleich aus.

Wiese ist verzweifelt, man kann doch nicht die ganze Brückenplatte aufstemmen. Er ruft seinen Chef an und erreicht ihn unterwegs im Wagen.

„Wartet auf mich" reagiert Bergner.

„Ich bin nur etwa 10 km von Euch entfernt, in 10 Minuten bin da".

Auch Bergner steht einige Minuten später etwas ratlos auf der 600 qm großen Fläche und überlegt.

„Mal langsam, das sieht hier zwar alles gleich aus, aber die Bohrlöcher muss man doch finden können. Ich bin kein Betonfachmann, trotzdem behaupte ich, dass der in die Bohrlöcher nachgefüllte Beton anders aussieht, als der alte Beton" und bittet Wiese einen Eimer mit Wasser aufzutreiben und auch noch einen Besen.

Die Brückenbaustelle war abgesperrt, die Arbeiten unterbrochen und alle Baubuden abgeschlossen. Aber auf einer größeren Baustelle findet sich alles, was man braucht. So findet Wiese dann auch einen Eimer und einen Besen, das Wasser holt er aus dem Bach unterhalb der Brücke.

Was nun? Und alle schauen Bergner erwartungsvoll an. Der überlegt nicht lange und verteilt das Wasser über eine größere Fläche. Dann beginnt er zu fegen. Seine Mitstreiter wissen immer noch nicht, was das soll. Aber nach einigen Minuten zeigt er ihnen das, wonach er sucht: Die Umrisse eines Bohrkerns.

Das war schon ein kleiner Erfolg, aber es gab auf der Brückenplatte insgesamt 54 Bohrkerne und selbst wenn man alle gefunden hätte, wo wäre dann der Bohrkern Nummer acht? Diese Nummer trägt der ominöse Bohrkern mit den Fingerspitzen.

Nun müssen die Mitarbeiter von der Baustoffprüfung weiterhelfen.

„Wo haben Sie mit dem Bohren begonnen und wie sind Sie weiter vorgegangen"?

„Begonnen haben wir hier auf der westlichen Seite, aber nach einem System haben wir nicht gebohrt. Aber ich bin sicher, dass wir immer mit der am nächsten liegenden Markierung weiter gemacht haben".

„Also nicht quer oder längs, sondern im Zickzack, aber die große Richtung war doch von West nach Ost"? versucht Bergner abzugrenzen.

„Dann müssen wir hier mindestens zehn Bohrstellen frei legen und dafür brauchen wir Hilfe. Für heute machen wir Schluss und treffen uns morgen ab 8 Uhr wieder hier. Bringen Sie bitte noch zwei Mitarbeiter mit und auch zwei Eimer und zwei Besen".

Donnerstag, 08. September

Mark Bergner wollte zunächst die mögliche Leiche finden, bevor er mit einer Vernehmung in der Baufirma beginnt. Für die heute anstehende Suche hatte er auch Herrn Lohmann zur Brücke gebeten.

Das Bergner Patent funktioniert, Stück für Stück werden die Bohrkern Umrisse freigelegt. Bergner und Lohmann brauchen nur zuschauen und diskutieren über das, was sie hier erwarten. Als Bergner erwähnt, dass bisher niemand als vermisst gemeldet wurde, wird Lohmann stutzig:

„Hat man Sie nicht informiert, dass hier einer seit Wochen vermisst wird? Bauassessor Gräfe, vom hiesigen Straßenbauamt, ist vor einiger Zeit in den Urlaub gefahren und nicht wiedergekommen. Allerdings spricht vieles dafür, dass er sich in der Karibik abgesetzt hat. Zumindest fanden Ihre Kollegen angekreuzte Prospekte für entfernte Länder".

„Und niemand hat von ihm seitdem etwas gehört"?

„Niemand, er ist unverheiratet und hatte keinen Kontakt zu seinen Eltern. Auch munkelt man, dass er seinen Job aufgeben wollte, weil er nicht zum Baurat befördert wird".

„Schon seltsam, ich werde mich darum kümmern. Es sei denn, er liegt hier vor uns im Beton".

Nach gut zwei Stunden sind die Umrisse von 10 Bohrkernen sichtbar. Gemeinsam mit den Bohrexperten versucht nun Bergner abzugrenzen, aus welcher Bohrung Nummer acht stammen könnte. Man kommt überein, dass dafür vier Stück in Frage kommen.
„Gut, dann werden wir diese vier wieder aufbohren, dann haben wir Gewissheit" resigniert Bergner.
„Aber bevor wir anfangen zu bohren, möchte ich noch etwas anderes versuchen" meint dann Lohmann und geht zu seinem Auto. Als er wiederkommt hat er einen Hammer bei sich und deutet an, damit den Beton abzuklopfen.
„Wenn da eine Leiche drin liegt, gibt es über der Leiche nur eine dünne Betonschicht. Und das müsste sich anders anhören, als bei durchgängigen Beton".

Lohmann beginnt jetzt ringförmig um den Probenumriss den Beton zu beklopfen. Aber bei allen Vieren ist kein Unterschied im Klopfgeräusch fest zu stellen. Nun vergrößert Lohmann den Ring auf etwa einem Meter Durchmesser. Beim Ersten wieder ohne Erfolg. Aber jetzt beim Zweiten lassen sich deutlich zwei unterschiedliche Klopfgeräusche feststellen. Bei allen Anwesenden wächst die Spannung, also liegt hier doch eine Leiche im Beton? Lohmann klopft weiter und kann eine kleine Fläche abgrenzen und macht eine Pause. Unvermittelt fragt jetzt Bergner:

„Herr Lohmann, gesetzt den Fall, Sie müssten eine Leiche im Beton verschwinden lassen, wie würden Sie dann vorgehen. In welche Richtung würden Sie die Leiche legen"?

Lohmann schaut verdutzt hoch, hat er mich etwa in Verdacht?

„Nicht doch, nicht was Sie jetzt denken, rein rhetorisch frage ich Sie als Betonfachmann".

Lohmann beruhigt sich wieder:

„Nun gut, Sie haben Recht, so einfach ist das ja nicht. Ein paar Zentimeter unter der Oberfläche liegt die Oberbewehrung und diese Eisen muss man erst durchschneiden. Die Oberbewehrung liegt in Längsrichtung. Wenn man einige Stäbe davon herausschneidet, könnte man dann die Leiche im Beton vergraben, vorausgesetzt, der Beton ist noch flüssig" und nach einer Weile:

„Ja, das könnte uns weiterhelfen: Die Leiche wird in Längsrichtung liegen".

Genau das, hatte Bergner mit seiner Frage erhofft. Nun bittet er Herrn Lohmann, mit dem Klopfen fortzufahren.

Lohmann weiß jetzt, in welche Richtungen er klopfen muss. Er findet schnell die jeweiligen Endpunkte für beide Richtungen und kratzt mit dem Hammer ein längliches Rechteck in den Beton, die Umrisse eines Sarges.

Bergner atmet auf, der erste Schritt seiner Ermittlung ist getan. Es gibt eine Leiche und er weiß auch wo sie liegt. Aber wie bekommt man sie ohne Zerstörung aus dem Beton heraus? Dann die Fragen, wer ist diese Leiche und wer war der Täter? Ihm war klar, hier ist noch viel zu tun, er war erst am Anfang. Er ordnet an, schon morgen mit dem Ausbohren zu beginnen.

Freitag. 09. September

Um 8 Uhr sind alle wieder auf der Brücke versammelt, einschließlich Bohrgerät und Werkzeuge zum Aufmeißeln des Betons. Für den Nachmittag waren die Pathologen und der Leichenwagen angefordert.

Lohmann schlägt vor, die obere Betonschicht mit dem Bohrgerät, Loch für Loch vorsichtig abzutragen. Bei der ersten Bohrung stößt der Bohrer in etwa 3 cm auf Eisen. Lohmann schließt daraus, dass die aufgeschnittene Bewehrung wieder in den Beton eingelegt wurde. Mit der nächsten Bohrung bekommt er die Bestätigung. Jetzt wird es relativ einfach, den gesamten Beton oberhalb der Eisen mit dem Bohrgerät abzutragen. Auch die freigelegten Eisenstangen lassen sich leicht heraus nehmen. Jetzt geht es um die Betonschicht direkt auf der Leiche, und das geht nur mit Hammer und Meißel.

Man kommt überein, in der Mitte zu beginnen, weil dort vermutlich die Betonschicht am dünnsten ist. Und so ist es, beim ersten Hammerschlag bricht der Beton auf. Als Lohmann vorsichtig die Betonstücke herausnimmt, kommt ihm sofort der Leichengeruch entgegen und Kleidungsstoff wird sichtbar. Es ist für alle ein atemberaubender Moment.

Nach einer Weile der Besinnung, muss diese deprimierende Arbeit aber fortgesetzt werden. Direkt über dem Körper bleibt die Betonschicht dünn, aber zu den Rändern wird es schwieriger. Erst nach zwei Stunden mühsamer Kleinarbeit wird das Gesicht erkennbar, es ist Bauassessor Gräfe, wie Lohmann nun feststellt.

Bis der gesamte Körper frei gemeißelt ist, vergehen noch einige Stunden. Als am Nachmittag die Pathologen und der Leichenwagen eintreffen, können die aber jetzt mit ihrer Arbeit beginnen.

Für Bergner ist es jetzt höchste Zeit, mit der Tätersuche zu beginnen. Er bittet Lohmann, möglichst noch heute, eine Liste des damaligen Personals auf der Brückenbaustelle per Fax in sein Büro zu schicken. Dazu die Angaben, wo er zurzeit die Leute finden kann.

Montag. 12. September

Von den Pathologen erfährt Mark Bergner, dass Herr Gräfe wahrscheinlich erwürgt worden ist. Zumindest hätten sie Würgemerkmale gefunden und sonst keine Verletzungen feststellen können. Das bei Herrn Gräfe gefundene Handy wird noch weiter überprüft. Bisher war nur auffällig, dass Gräfe häufig mit einer „Annette" telefoniert hat.

Bergner ruft seinen Mitarbeiter Wiese zur Lagebesprechung. Es gibt jetzt einige Anhaltspunkte mehr.

„Fangen wir mit der Art des Tötens an" beginnt Bergner die Besprechung.

„Wer würde jemanden erwürgen und in welchem Zustand müsste er sein"?

„Bei den Bauarbeitern kann ich mir das schwer vorstellen" überlegt Wiese „wenn Gräfe tatsächlich so ein Stinkstiefel war, hätten sie ihn eher von der Brücke gestoßen oder mit der Schaufel erschlagen".

„Das glaube ich auch, Würgen ist zwar auch eine Affekthandlung, aber beim Erwürgen ist der Affekt keine Momentaufnahme. Dabei muss der Tötungsdrang etwas länger anhalten. Wenn es kein Berufskiller ist, muss der Täter sehr tief verletzt und verzweifelt gewesen sein,

Wut allein reicht dafür nicht aus" grübelt Bergner.

„Ja, das sehe ich auch so, Sie vermuten also, dass die Tat mit einer Beziehung zusammen hängt"?

„Es ist zumindest jetzt mein erster Verdacht. Und wenn eine Beziehung etwas damit zu tun hat, dann muss es auch mit „Annette" zu tun haben. Die Vernehmung der Bauarbeiter kann warten, ich muss erst diese „Annette" auftreiben".

Bergner versucht es sofort mit Telefonaten. Er ruft als erstes den Polizeikollegen an, der die Wohnung von Gräfe durchsucht hat. Von „Annette" gab es aber dort keine Spur. Dann fragt er noch einmal nach, ob bei der Überprüfung des Handys ein entsprechender Anschluss ermittelt werden konnte. „Bis jetzt noch nicht", war hier die unbefriedigende Antwort.

Danach führt er ein Gespräch mit dem Straßenbauamt, mit Herrn Kramer. Herr Kramer hatte die Tragödie seines Chefs schon erfahren. Bergner spricht ihm sein Beileid aus und fragt dann bald nach „Annette".

„Nein, ein Name „Annette" ist mir nicht bekannt. Auf dem Dienstapparat hat zwar einige Male eine Dame angerufen, aber ein Name ist dabei nicht erwähnt worden. Da diese immer nur von einer Telefonzelle angerufen hat, kann man eine verheiratete Frau vermuten". Etwas Neues wusste Kramer auch nicht.

Bergner gibt erst einmal die Suche nach "Annette" auf und will jetzt das Personal vernehmen. Er geht die Personalliste der Baufirma noch einmal durch, und ruft dann Herrn Lohmann an:

„Herr Lohmann, vielen Dank für die Personalliste, ich habe dazu einige Fragen. Dieser Herr Schneider, war der nicht der Bauleiter der Brückenbaustelle? Und warum wurde der entlassen"?

„Unser Chef hatte ihm die Hauptschuld für die Undichtigkeit der Brücke gegeben und ihn erst einmal beurlaubt. Das mit der Schuld war natürlich ein Blödsinn. Aber Schneider war danach so sauer auf seinen Chef, dass er ihn unflätig beschimpfte und sich so die Entlassung einhandelte".

„War Schneider häufig so unbeherrscht"?

„Eigentlich nicht, er war bei seinen Leuten sogar sehr beliebt und ein guter Fachmann".

„Was meinen Sie mit eigentlich" hakt Bergner nach.

„Na ja, seit einiger Zeit wirkte er manchmal etwas zerstreut und reagierte überempfindlich. Möglicherweise hatte er häusliche Probleme".

„Wissen Sie, wo ich ihn jetzt finden kann"?

„Das kann ich Ihnen nicht sagen. Wenn er noch keinen neuen Job hat, wird er wohl zu Hause sein".

Bergner bedankt sich und fährt anschließend sofort zur Wohnung von Herrn Schneider.

Schneider wohnt in einem Reihenhaus in einer Neubausiedlung. Als er dort ankommt und nach der Hausnummer sucht, springt ihn ein Namensschild regelrecht an: „Annette und Georg Schneider" steht da.

Ist er hier an seinem Ziel? Ist es die gesuchte „Annette" und findet er hier auch den Täter? Bergner durchläuft ein Schauer vor Erregung. Er holt noch einmal tief Luft und klingelt. Aber es macht keiner auf. Auch nach längerem Klingeln und Klopfen tut sich hier nichts. Bergner muss wiederkommen und das will er morgen früh um 8 Uhr.

Dienstag, 13. September

Um 8 Uhr ist Bergner wieder am Ort und klingelt. Nach einer Weile öffnet jemand die Tür, ein Mann im Schlafanzug.

„Sind Sie Herr Schneider" fragt Bergner und weist sich als Kommissar aus.

„Ja bin ich" erwidert mürrisch und abweisend der Mann im Schlafanzug.

„Kann ich trotzdem reinkommen, ich habe nur ein paar Fragen". Wortlos führt Schneider ihn in sein Wohnzimmer. Das sieht nicht einladend aus, überall liegt Kleidung herum. Bergner schließt daraus, dass hier keine Frau wirksam ist. Trotzdem fragt er:

„Kann ich Ihre Frau sprechen, ich habe einige Fragen an sie". Schneider erwidert kurz:

„Die ist nicht da, was wollen Sie von meiner Frau"? Bergner überhört die Frage:

„Kann ich hier auf Ihre Frau warten, oder ist sie länger weg"? Schneider überlegt etwas zu lange:

„Sie ist zu Besuch bei ihren Eltern".

„Dann möchte ich sie dort anrufen, geben Sie mir bitte die Telefonnummer Ihrer Schwiegereltern"

„Ich weiß nicht, was das soll, aber bitte wie Sie es wünschen" knurrt Schneider, holt ein Telefonverzeichnis und hält es Bergner vor die Nase.

„Hier ist die Nummer, ich hoffe das war es dann auch". Bergner notiert sich die Telefonnummer und bedankt sich.

„An Sie möchte ich aber auch noch einige Fragen stellen. Jedoch nicht hier und jetzt, ich erwarte Sie dazu morgen um 11 Uhr im Präsidium, also bis Morgen" verabschiedet sich Bergner.

Zum Auffinden der Leiche von Herrn Gräfe erwähnte Bergner kein Wort. Er war sich aber sicher, dass Schneider davon weiß und hatte erwartet, dass er selbst dazu etwas sagt. Schneider war in der Tatnacht der verantwortliche Bauleiter der Brücke und es musste ihm klar sein, dass er zu den Verdächtigen zählt. Bergner hatte aber noch nichts in der Hand, mit dem er Schneider in die Enge treiben konnte. Er wollte erst mehr über den möglichen Zusammenhang von „Annette" und Herrn Gräfe wissen.

Als Bergner wieder in seinem Büro ist, ruft er sofort die Eltern von Frau Schneider an. Zunächst vergeblich, ihre Tochter sei unterwegs, wurde ihm gesagt. Schon nach wenigen Minuten kommt aber der erbetene Rückruf:

„Annette Schneider, Sie hatten hier angerufen und wollten mich sprechen, worum geht es"?

„Das möchte ich Ihnen am Telefon nicht sagen, wäre es Ihnen möglich, morgen früh um 9 Uhr in mein Büro zu kommen"?

„Ja, das wäre mir möglich. Aber sagen Sie mir doch bitte einen Grund für dieses Gespräch".

„Nun, dann beantworten Sie mir zuerst eine Frage, waren Sie mit Herrn Gräfe befreundet, aber bitte ehrlich"? Frau Schneider antwortet erst nach langem Zögern:

„Das war ich, aber jetzt nicht mehr".

„Gibt es dafür einen Grund"? forscht Bergner nach.

„Ich denke schon, er hat mich einfach im Stich gelassen". Das reicht für Bergners Vermutung.

„Ihre Freundschaft zu Herrn Gräfe ist der Grund für unser Gespräch, alles Weitere erkläre ich Ihnen morgen früh".

„Na gut, dann bin ich morgen um 9 Uhr bei Ihnen".

Offensichtlich wusste Frau Schneider noch nichts von Gräfes Tod. Und das musste nun Bergner ihr morgen schonend beibringen. Wenn sie erfährt, dass er sie nicht verlassen hat, kann das etwas schwierig werden.

Immerhin hatte er jetzt die richtige „Annette" gefunden. Und wenn er die besonderen Familienverhältnisse der Schneiders berücksichtigt, glaubt er auch den Täter zu kennen.

Mittwoch, 14. September

Um 9 Uhr sitzt Frau Schneider ganz gespannt Bergner gegenüber. Zunächst betont Bergner, dass es hier um ein Gespräch geht und nicht um eine Vernehmung. Er bittet Frau Schneider, etwas ausführlicher über ihre Freundschaft mit Herrn Gräfe zu erzählen.

„Mein Mann und ich haben uns auseinander gelebt" beginnt Frau Schneider.

„Er hat zwar immer behauptet, dass er mich liebt, aber behandelt hat er mich wie ein Stück Dreck. Ersparen Sie mir die Einzelheiten. Als ich Herrn Gräfe kennen lernte, hatte ich zunächst jemanden, bei dem ich mich ausweinen konnte. Aus dieser Freundschaft wurde dann immer mehr. Als mein Mann dahinter kam, wurde es für mich zur Hölle. Ich hielt es nicht mehr aus und erklärte Ihm, dass ich mich von ihm trennen werde und zu Herrn Gräfe ziehe. Und in dieser Situation verließ mich Herr Gräfe und setzte sich irgendwo in der Karibik ab".

Bergner hatte sie bis dahin nicht unterbrochen, der Zeitpunkt rückte immer näher, an dem er ihr die Wahrheit sagen musste. Aber er zögerte noch:

„Wie kommen Sie auf die Karibik"?

„Ja, wo sollte er sonst sein. Nachdem ich ihn einige Tage nicht erreichen konnte, bin ich zu seiner Wohnung gefahren, den Schlüssel hatte ich ja noch. Und hier lag noch ein Stapel Prospekte in denen er verschiedene karibische Reiseziele angekreuzt hatte. Auch seine Koffer waren nicht mehr da und ebenso fehlten die Toilettensachen, wie Rasierapparat, Zahnbürste und so weiter. Seine Wäsche- und Kleidungsstücke kannte ich nicht so genau, aber es sah so aus, dass er hiervon auch die Hälfte eingepackt hatte. Der ist einfach abgehauen, ohne mir wenigstens auf Wiedersehen zu sagen. In der Zwischenzeit habe ich mich damit abgefunden und wohne jetzt bei meinen Eltern".

Jetzt war Bergner dran, jetzt musste er Farbe bekennen.

„Liebe Frau Schneider, was ich Ihnen jetzt mitteilen muss, könnte Sie einerseits trösten, aber es wird Sie erschüttern. Herr Gräfe ist tot. Er hat Sie nicht im Stich gelassen, er wurde hier ermordet".

Frau Schneider schaut ihn fassungslos, mit aufgerissenen Augen an. Sie ringt nach Worten, kann aber nur ein „Nein" herausschreien, sinkt zusammen und weint.

Bergner kann jetzt nur still dabei sitzen und warten, bis sie sich etwas gefangen hat. Dann legt er seinen Arm um ihre Schulter und versucht sie zu trösten. Das sind die Momente, die er in seinem Beruf so hasst, eine Todesnach-

richt zu überbringen, ist auch für den Über-
bringer immer etwas Schreckliches.

Als Frau Schneider sich von ihrem ersten
Schock etwas erholt hat, will sie nun mehr
wissen.
„Wer kann so etwas tun und warum, haben Sie
schon den Mörder"?
„Leider noch nicht, aber wir glauben ihn zu
kennen und werden ihn bald überführen".
Berger malt sich aus, dass es den zweiten
Schock für Frau Schneider geben wird, wenn
sich bewahrheitet, dass ihr Mann der Mörder
ihres Geliebten ist.

Aber es sollte noch schlimmer kommen. Bergner musste sich bald vom Mitleid mit Frau
Schneider lösen und sich auf die kommende
Vernehmung von Herrn Schneider konzentrie-
ren. Und diese Vernehmung wird nicht einfach
sein. Die Zusammenhänge sprechen für ihn
eindeutig dafür, in Herrn Schneider den Täter
zu sehen. Aber es gibt bisher nur eine starke
Vermutung und keinerlei Beweise.

Im Vernehmungsraum ist um 11 Uhr alles
vorbereitet, aber Herr Schneider erscheint
nicht. Bergner billigt ihm eine Verspätung von
einer halben Stunde zu, aber auch noch um 12
Uhr wartet er vergebens. Es bleibt ihm nichts

anderes übrig, als Herrn Schneider möglichst umgehend mit Polizeigewalt her zu holen. Während Bergner dazu telefonisch die Anweisungen durchgibt, platzt ein Mitarbeiter mit einer wichtigen Nachricht dazwischen:
„Herr Schneider ist heute Morgen tödlich verunglückt".
Bergner musste sofort an Frau Schneider denken, arme Frau, an einem Tag erfährt sie den Tod ihrer beiden Männer. Aber die ist inzwischen auf dem Weg zu ihren Eltern. Diesmal braucht er ihr nicht die Hiobsbotschaft zu überbringen.

Für Mark Bergner ist dieser Unfall ein Tiefschlag. Bis vor einer Stunde glaubte er, den Täter schnell dingfest zu machen und jetzt ist er entwischt. Nach mehreren Telefonaten erfährt er, dass es mit großer Wahrscheinlichkeit kein Unfall, sondern ein Selbstmord ist. Schneider sei mit hoher Geschwindigkeit auf freier Strecke gegen einen Baum gefahren, ohne eine Bremsspur zu hinterlassen.

Am Nachmittag versucht Bergner mit seinen Kollegen die neue Situation etwas aufzuarbeiten. Ein Selbstmord ist immer eine Verzweiflungstat. Und Schneider hatte Grund zum verzweifeln. Er hatte seinen Job verloren und fand wahrscheinlich keinen neuen. Er hatte seine

Frau verloren, die er wahrscheinlich noch lieb-
te. Nun fand man auch noch die Leiche und
war ihm auf der Spur. Alles zusammen passt
zu einem Selbstmord. Aber umgekehrt kann
man nicht aus dem Selbstmord schließen, dass
er auch der Täter ist. Alle Ermittlungen stan-
den wieder am Anfang.

Donnerstag, 15. September

Auch wenn es keine Beweise gibt, für Mark Bergner ist Herr Schneider der Täter. Alle Indizien weisen auf ihn hin und Schneider hatte auch ein starkes Motiv. Wenn er bei seiner geliebten Frau schon ausrasten und gewalttätig werden konnte, kann man das bei seinem Widersacher erst recht annehmen.

Soweit passt alles zusammen, aber damit ist der Mord noch nicht aufgeklärt. Bergner sieht seine einzige Chance nur noch darin, den Mittäter zu finden, so es den auch gibt. Bergner hält dies jedoch für sehr wahrscheinlich. Das Einbetonieren hat viel und überlegte Arbeit erfordert und es musste schnell gehen. Schneider muss nach seinem Würgegriff erregt und geschockt gewesen sein, und in diesem Zustand wäre er allein dazu kaum fähig gewesen.

Bergner verabredet sich mit Herrn Lohmann und trifft sich mit ihm auf der Brücke. Die Brückenbaustelle war in der Zwischenzeit wieder frei gegeben und die Mannschaft war mit den Restarbeiten beschäftigt. Lohmann ist tief erschüttert, als er von dem tragischen Tod seines früheren Bauleiters erfährt. Er hatte ihn als einen zuverlässigen Bauleiter geschätzt.

Auch die Mannschaft ist tief betroffen, als Lohmann sie zusammen ruft und die Mitarbeiter über den Tod ihres früheren Vorgesetzten informiert.

Bergner nutzt die Gelegenheit und erklärt der versammelten Mannschaft, dass er noch einige Fragen hat, die er mit jedem Einzelnen besprechen will.

Bergner spekuliert darauf, dass nach dem Tod von Herrn Schneider, der mögliche Mittäter eher bereit ist, die Wahrheit zu sagen. Er befragt jeden Einzelnen, wo er am Abend des Betoniertages auf der Baustelle war. Dabei betont er, dass er jemanden sucht, der etwas gesehen oder beim Einbetonieren geholfen hat. Und dass solch eine Mithilfe zwar strafbar ist, aber wahrscheinlich keine Gefängnisstrafe befürchtet werden muss.

Aber Bergners Bemühen ist vergeblich, keiner hatte etwas gesehen oder gehört. Was nun Herr Kommissar Bergner? Er beginnt zu zweifeln, ob es überhaupt einen Mittäter gibt.

Ohne die Aussage eines Mittäters gibt es keine Beweise für den Täter. Bergner befürchtet, dass es das Geheimnis der Brücke bleiben wird.

Montag, 19. September

Als Bergner um 8 Uhr in sein Büro kommt, klingelt bereits das Telefon, Lohmann ruft ihn an.

„Herr Bergner, ich habe ein großes Problem, ich musste jemanden versprechen, ihn nicht zu verraten und auch seinen Namen nicht zu nennen. Aber ich kann diesem Jemand nur helfen, wenn ich mit Ihnen darüber rede".

„Das hört sich ja richtig spannend an, worum geht es denn"? fragt Bergner.

„Am Wochenende bekam ich privat Besuch von einem meiner Leute. Er brauche von mir einen Rat. Und jetzt kommt es: Schneider hat Gräfe umgebracht und er hat ihm geholfen. Schneider sei jetzt tot und man könne Ihm nichts mehr antun. Aber was geschähe mit ihm, wenn er die Wahrheit sagt. Wie hoch würde er bestraft werden"?

„Es kommt darauf an, was er getan hat, wieweit seine Hilfe ging" unterbricht ihn Bergner.

„Ja, ich glaube das ist der Punkt, wo wir ihm helfen können. Er behauptet, nur beim Einbetonieren geholfen zu haben und dass er vergeblich versucht hat, Schneider zurück zu halten. Wenn das so war, wie hoch schätzen Sie die Bestrafung"?

„Das wird dann wesentlich davon abhängen, in wieweit der Richter ihm glaubt. Beweise gibt es nicht. Wenn er ihm glaubt, wird es nur eine geringe Bestrafung geben. Es geht dann nur um die Mithilfe bei der Beseitigung der Leiche und um die Behinderung der Ermittlung, allerdings auch um die Sachbeschädigung. Eine Gefängnisstrafe ist dafür nicht zu erwarten".

„Kann man ihm das garantieren, er wird vermutlich sein Geständnis davon abhängig machen"?

„So etwas kann man nicht garantieren. Versuchen Sie ihn zu überzeugen, dass er nach der Rechtslage keine hohe Bestrafung befürchten muss. Das was er getan hat war ja nicht bösartig, sondern lediglich falsch und rechtswidrig. Und machen Sie ihm vor allem klar, dass ein Geständnis für ihn auch eine Befreiung bedeutet. Die Befreiung von seinen Schuldgefühlen, an einem Mord beteiligt gewesen zu sein. Es ist für ihn wirklich das Beste, möglichst bald hier her zu kommen".

„Das wird nicht so einfach sein" reagiert Lohmann bedenklich, „ich werde es versuchen. Ich treffe ihn nachher auf der Baustelle. Wenn er bereit ist, wann sollte er dann zu Ihnen kommen"?

„Möglichst bald, am besten morgen früh, ich bin ab 8 Uhr im Büro".

Als er aufgelegt hat, holt Bergner erst einmal tief Luft. Dieser Anruf bedeutet eine Wende, mit der er nicht mehr gerechnet hat. Selbst

wenn dieser Jemand nicht sofort zu einem Geständnis bereit ist, Bergner hat jetzt eine kon-
krete Bestätigung seiner bisherigen Vermutun-
gen. Und dieser Jemand wird nach seiner Of-
fenbarung bei Lohmann, ihm nicht mehr weg-
laufen.

Nach seinem Misserfolg bei der Vernehmung
der Bauleute hatte Bergner seinen Kollegen
Wiese beauftragt, die Wohnung von Schneider
zu durchsuchen. Gegen Mittag berichtet Wiese
ihm über das Ergebnis.
„Wir haben das ganze Haus durchsucht, konn-
ten aber nicht Auffälliges finden, bis auf dieses
hier" und zeigt Bergner ein Schlüsselbund.
„Das haben wir versteckt im leeren Etui eines
Rasierapparates gefunden. Es sind die Schlüs-
sel für Gräfes Wohnung, einschließlich der
Schlüssel für den Briefkasten und den Keller.
Aber auch für seine Garage Nr. 4 in einer be-
nachbarten Garagenanlage. Da steht auch Grä-
fes Auto, das wir bisher vermisst hatten.
Schneider muss dem toten Herrn Gräfe diese
Schlüssel entwendet haben".
Wiese wundert sich, dass Bergner dieses neue
Indiz so gelassen hinnimmt. Aber er erfährt
auch erst jetzt von dem bedeutungsvollen Te-
lefonat mit Lohmann. Indizien sind jetzt für
Bergner zweitrangig geworden.

Dienstag, 20. September

Mark Bergner muss nicht lange warten, kurz nach 8 Uhr erscheint dieser Jemand in seinem Büro, in Begleitung von Herrn Lohmann. Nach kurzer Begrüßung weist Bergner daraufhin, dass dieses Gespräch protokolliert wird und für die weitere Beurteilung sehr wichtig ist. Er stellt das Mikrofon an, und bittet den Jemand, sich vorzustellen.

„Mein Name ist Dieter Heuer und ich arbeite in der Baufirma als Vorarbeiter" beginnt Herr Heuer seinen Bericht.

„Am Betoniertag hatten wir den ganzen Tag schon betoniert und brauchten für die letzten Meter Beleuchtungsstrahler. Herr Schneider bat mich, mit zu kommen, um den zuerst eingebauten Beton zu überprüfen. Als wir am anderen Widerlager ankamen, war hier der Beton immer noch flüssig, obwohl er über 10 Stunden alt war. Während wir uns darüber Sorgen machten, tauchte plötzlich Herr Gräfe auf. Er rührte im Beton und beschimpfte uns sofort, was für eine Brühe wir da eingebaut hätten. Daraufhin stritten sich beide über den Beton, bis Herr Gräfe Schneiders Frau erwähnte. An die einzelnen Worte kann ich mich nicht mehr genau erinnern. Sinngemäß aber so, er, Gräfe, sei hier, um Schneider klar zu machen, dass ab sofort, Schneiders Frau ihm gehört. Sie würde morgen zu ihm ziehen und er solle sie nicht daran hindern".

„Und wie reagierte Herr Schneider darauf"? unterbrach ihn Bergner.

„Ja, dann wurde es schlimm. Herr Schneider wollte Herrn Gräfe jetzt regelrecht anspringen, aber er rutsche dabei auf den Eisen aus und fiel bäuchlings in den Beton. Selbst das könne er nicht, er sei ein Schlappschwanz und Versager, machte ihn Herr Gräfe auch noch lächerlich. Das war wohl zu viel, dass war wohl ein Fehler. Herr Schneider rappelte sich hoch, warf Herrn Gräfe in den Beton und würgte ihn".

„Und da haben Sie nicht eingegriffen"?

„Natürlich habe ich das. Ich habe versucht seine Hände auseinander zu reißen und habe mit den Fäusten auf ihn eingeschlagen. Aber Herr Schneider war außer sich, es prallte alles an ihm ab, ich hätte ihn schon erschlagen müssen.

Als er dann endlich los ließ und Herr Gräfe weg war, habe ich versucht ihn wiederzubeleben, aber das nutzte auch nichts mehr".

„Wer kam dann auf die Idee, Herrn Gräfe ein zu betonieren"? forscht Bergner.

„Na ja, versetzen Sie sich mal in meine Lage. Ich hatte zwar etwas sehr Schreckliches erlebt, aber im Gegensatz zu Herrn Schneider, hatte ich noch einen klaren Kopf. Als Herr Schneider wieder etwas zu sich gekommen war, setzte er sich auf den Boden und weinte. Bei allem tat er mir Leid und ich wollte ihm helfen".

„Also haben Sie die Leiche allein einbetoniert"?

„Wenn Sie so wollen ja, Herr Schneider war zu nichts mehr fähig. Ich holte eine Schaufel und einen Bolzenscheider. Kratzte die Bewehrung frei und schnitt einige Eisenstäbe heraus. Der Beton war noch zu flüssig zum Schaufeln, aber der Körper sackte, mit etwas Nachhilfe von selbst in den Beton. In den nach geflossenem Beton drückte ich dann die paar Eisen wieder herein und glättete die Oberfläche. Die einzige Aktion von Herrn Schneider bestand darin, Herrn Gräfe vorher die Schlüssel aus der Tasche zu ziehen".

„Das Ganze dauerte doch eine längere Zeit, haben das Ihre Arbeitskollegen nicht mitbekommen"? wundert sich Herr Wiese.

„Die waren ja am anderen Ende der Brücke beschäftigt und wenn Sie bei Licht arbeiten, sehen Sie nichts außerhalb des Lichtscheins".

„Was haben Sie dann anschließend gemacht, sind Sie wieder zu Ihren Kollegen gegangen"?

„Nein, wir hatten noch etwas zu erledigen. Herr Schneider musste vom Beton gesäubert werden und dann haben wir das Auto von Herrn Gräfe in seine Garage gefahren, die

Nummer der Garage, war auf dem Schlüssel vermerkt".

„Und danach, da war doch nichts mehr so, wie es mal war"? versucht Bergner sich in die Situation hinein zu denken.

„Das ist richtig, für uns beide wurde es eine schlimme Zeit. Herr Schneider war seitdem nicht mehr gut drauf, immer wieder jammerte er mir vor, wie sehr er das bereut, und er konnte ja auch nur mit mir darüber reden. Andererseits redete er mir ein, die Sache würde nie heraus kommen, wenn wir schweigen. Er hätte dafür auch noch etwas nachgeholfen".

„Hat er die Prospekte angekreuzt"? wundert sich Wiese.

„Er hat sich die Prospekte besorgt und angekreuzt in die Wohnung gelegt. Dazu zwei Koffer gefüllt mit allem, was man im Urlaub braucht, und die Koffer dann entsorgt, wo, hat er mir nicht gesagt".

„Hat er Ihnen von seiner Selbstmordabsicht etwas gesagt"?

„Direkt nicht, aber angedeutet hat er es schon. Nachdem die Leiche entdeckt wurde, habe ich ihn aber nicht mehr gesehen".

Dienstag. 27. September

Bergner konnte nach dem Geständnis von Herrn Breuer seine Ermittlungen abschließen. Für Lohmann stand die Belastungsprüfung der Brücke noch bevor und die war für heute angesetzt.

Das Ingenieurbüro hatte für alle denkbaren Schwachstellen die erforderlichen Belastungen vorgegeben. Die Belastung erfolgt mit einer Reihe von Schwerlastzügen, die Lohmann jetzt nach Plan auf der Brücke einordnet. Unter den Belastungen wird gleichzeitig an den betreffenden Stellen die Durchbiegung gemessen und diese Stellen auch auf mögliche Risse überprüft. Nach zwölf Laststellungen ist die Prüfung abgeschlossen mit dem erwarteten Erfolg. Es sind keine Risse aufgetreten und auch die Durchbiegung liegt im zulässigen Bereich.

Damit gilt die Brücke endgültig als saniert und der Firma wurde ein Abriss erspart. Jetzt ist auch Lohmanns Chef auf der Brücke und lässt sich von den anwesenden Honoratioren beglückwünschen. Allerdings gratuliert der Leiter des Landesstraßenbauamtes zunächst Herrn Lohmann und spricht ihm seine Bewunderung aus.

Unter den Fachleuten gilt diese Sanierung als ein Sonderfall, Schwundrisse in diesem Umfang hatte bis dahin noch niemand sanieren können. Aber auch nach diesem Erfolg hat keiner gefragt, wie das funktionieren konnte, das bleibt für immer Lohmanns Geheimnis.

Lohmann hatte damit der Firma circa eine Million Euro an Kosten erspart, ganz zu schweigen von der vermiedenen Blamage, eine gerade gebaute Brücke wieder abzureißen. So musste sich Lohmanns Chef auch erkenntlich zeigen und gab Lohmann zu Ehren ein Betriebsfest.

Das wurde für Herrn Lohmann aber auch ein Abschiedsfest. Denn kurz darauf erhält Lohmann aus vorgeschobenen Gründen die Kündigung. Das kommt Lohmann aber sehr entgegen, das Verhältnis zu seinem Chef war alles andere als gut. Durch die Kündigung erwirkt er eine gute Abfindung, mit der er ein eigenes Ingenieurbüro gründen kann..

Literaturhinweise

Im Verlag BoD – Books on Demand wurden bereits folgende Bücher veröffentlicht:

Breddermann, Manfred
Arthrose, Effektive Selbstbehandlung mit der SKG-Bewegungstherapie
ISBN: 9783738644792

Breddermann, Manfred
Fit und frisch mit 80, Körperlich und geistig beweglich bleiben
ISBN: 9783738651928

Breddermann, Manfred
Magen / Darmbeschwerden, Praxis der Selbsthilfe
ISBN: 9783741251085

Breddermann, Manfred
Glauben oder Wissen, Reflexionen eines Ungläubigen zu den Grundfragen unserer Existenz
ISBN: 9783744837736

Breddermann, Manfred; Lehmann, Edith-
Fühle Dich gesund und lebe, Jetzt Dein Lebensgefühl verbessern
ISBN: 9783741275616

Breddermann, Manfred
Der Fremden Kind, Von der geliebten Mutter zur gehassten Stiefmutter
ISBN: 9783744837767

Breddermann, Manfred
Heb mal endlich Deinen Arsch und beweg Dich, Ausgleichsübungen für unsere Sitzgesellschaft
ISBN: 9783744872539

Breddermann, Manfred
Die Kunst der Bestechung, Die Geschäfte und die „Püppis" meines Onkels
ISBN: 9783744848831

Breddermann, Manfred
Machtmissbrauch
Tot in Wolfenbüttel
ISBN: 9783746012339

Breddermann, R. Luise
Augenblicke für Dich, Gedankensplitter - Gedichte
ISBN: 9783744820479

Breddermann, R. Luise
Lebenszeit, Episoden / Kurzgeschichten aus dem Leben gegriffen
ISBN: 9783744837774